鬥嘴一班 ⑲
我家有一寶

卓瑩 著

U0061141

新雅文化事業有限公司
www.sunya.com.hk

目錄

人物介紹

文樂心
(小辮子)

開朗熱情，
好奇心強，
但有點粗心
大意，經常
烏龍百出。

高立民

班裏的高材生，
為人熱心、孝
順，身高是他
的致命傷。

江小柔

文靜溫柔，善解人意，
非常擅長繪畫。

胡直

籃球隊隊員，
運動健將，只
是學習成績總
是不太好。

黃子祺

為人多嘴，愛搞怪，是讓人又愛又恨的搗蛋鬼。

周志明

個性機靈，觀察力強，但為人調皮，容易闖禍。

**吳慧珠**（珠珠）

個性豁達單純，是班裏的開心果，吃是她最愛的事。

**謝海詩**（海獅）

聰明伶俐，愛表現自己，是個好勝心強的小女皇。

第一章　捉賊驚魂

　　前一陣子，高立民、文樂心、江小柔和宋瑤瑤幾位志同道合的朋友，加入了區內的少兒管弦樂團，正式成為樂團成員。自此以後，每個周末的早上，他們都到樂團訓練。

　　這個周末的中午，高立民完成訓練，如常地背着色士風回到家門前，伸手想按門鈴之際，卻見大門的門孔上早已插着一把鑰匙。

　　怎麼會這樣？高立民呆了一呆，舉手想要叩門，才發現原來大門是虛

掩的，只消輕輕一推，大門
便已經應聲而開。

「糟了，難道有賊人入屋了嗎？」高立民一想到這裏，心中難免有些膽怯，但仍努力鎮定下來。

他先把門孔上的鑰匙拔下來，然後躡手躡腳地跨進玄關，放眼一望，只見室內昏暗一片，似乎並未有人的樣子。

「怎麼回事了？平日這個時間，外婆應該早就回來了啊！」他的心「撲通撲通」地在急跳，不敢貿然開燈，只好借助窗外滲進來的光線來看路，然後一步一步地往前走。

就在這個時候，忽然聽到客廳有

一把陌生的男聲斥喝道：「你是誰？」

　　高立民大吃一驚，不自覺地舉起雙手，抖着聲音答：「我⋯⋯我是住在這兒的啊！」

　　緊接着，有另一把女聲答道：「你管我是誰？」

　　那把陌生的男聲又説：「這是我的家，你不能隨便亂闖！」

　　高立民聽得一頭霧水，連忙握起拳頭，擺出

預備打架的姿勢，躲在牆身一角往前方探頭一看，只見外婆正安坐在沙發上，聚精會神地看電視。

原來自己剛才聽到的人聲，不過就是電視劇裏的對白而已！

當知道只是虛驚一場時，高立民心頭一鬆，才感到自己雙腿有點發軟，連忙沿着牆身慢慢移到沙發去。

毫不知情的外婆，見高立民臉色蒼白、冷汗直冒的樣子，吃了一驚，趕緊關心地問：「小民，你幹什麼滿頭大汗的？不會是生病了吧？」

飽受了一輪驚嚇的高立民，見外

婆那一臉無知的樣子，不禁既好氣又好笑地問：「外婆，您怎麼看電視也不開燈呀？害得我還以為有賊人進屋了呢！」

外婆嘻嘻一笑地解釋道：「你別大驚小怪嘛，這齣電視劇的畫面拍得有點暗，燈光太亮反而看不清，所以就沒開燈呀！」

高立民有點生氣地說：「我大驚小怪？您剛才回來的時候忘了取回門匙，

連大門也沒有關好，這樣很容易被賊人進來啊！」

　　外婆不相信，果斷地否認：「怎麼可能？我明明已經把門匙收得好好的！」

　　高立民用手指勾着門匙，放在外婆眼前說：「您看，這是什麼？」

您看，
這是什麼？

外婆認得眼前這束掛着熊貓吊飾的鑰匙，正是她的那一束，頓時有些不好意思地笑説：「哎呀，我的門匙怎麼會落在你手上了呢？」

　　她思考了一會，才恍然地「呀」了一聲道：「剛才我到超級市場買了很多東西，手上挽着大包小包的一大堆，根本騰不出手來關門，只好先進屋，但當我把東西放好後，便忘記關門了呢！」

　　高立民聽到她這麼説，不禁皺起眉頭道：「噢，外婆您年紀這麼大還提重物，會很容易弄傷的！下次如果

您想買東西時，記得要帶我一起去，知道嗎？」

外婆見高立民如此體貼，心裏頓時一陣甜絲絲，連聲笑着點頭説：「好呀，我的小孫子最乖了！」

高立民得意地連連點頭説：「當然！」

第二章　外婆是大嘴巴

　　這天早會後，徐老師抱着一大疊考卷走進教室來，笑容滿臉地向大家宣布：「這個學期的考試，同學們的表現都很不錯，特別是高立民，不但中、英、數、常等主科全部取得佳績，而且操行良好，可以獲得本學期的品學兼優獎項呢！」

　　教室內霎時掌聲雷動，大家紛紛向他祝賀。

　　「哇，高立民，恭喜你啊！」

　　「你真厲害啊！」

高立民頓時紅了臉，不好意思地撓着頭髮，笑呵呵地說：「其實我只是剛好碰上熟悉的題目而已！」

　　他雖然表現得十分謙虛，但心中是興奮莫名，回家後見到媽媽和外婆，便第一時間向她們報喜。

高媽媽得知兒子取得如此佳績，自然十分驚喜，欣慰地連連點頭說：「小民果然是我的好孩兒，我為你感到驕傲！」

　　高立民滿心歡喜，連忙順勢接着問：「學校將於下周末舉行頒獎禮，你能陪我一起出席嗎？」

　　高媽媽頓時面有難色地說：「小民，對不起呀，媽媽知道你很乖，媽媽也很想跟你一起分享這份榮耀。可是，水果店每天都得營業，媽媽實在分身乏術啊！」

　　即使媽媽不說，高立民其實也心

裏有數。爸爸媽媽為了掙錢養家，一直都是早出晚歸，他們本來已經夠辛苦了，他應該體諒他們的。

　　不過，明白歸明白，失望還是難免的。

外婆把這一切看在眼內，卻笑着問：「外婆從來沒讀過書，不知道頒獎禮是怎麼一回事，你可以帶外婆去見識一下嗎？」

高立民目光一亮，立刻轉憂為喜地說：「當然可以啦！」

　　「真的？那就這麼說定喔！」外婆笑着說。

　　到了頒獎禮那天，高立民還未起牀梳洗，外婆已經換上了她那套向來只在參加婚宴時才會穿着的繡花唐裝衫裙，喜滋滋地坐在客廳靜候出發。

　　當高立民帶着外婆走進校園時，文樂心和江小柔正好迎面而來，文樂心一眼便認出高立民的外婆，立刻禮貌地打招呼道：「外婆，您好！您是來參加頒獎禮的嗎？」

　　能在陌生的校園內遇上認識的
人，外婆分外高興，連連點頭道：「是
啊！我家小民得到品學兼優獎，我身
為外婆，當然要來見證啦！」

　　江小柔見她如此和藹可親，忍不
住讚道：「外婆您很開朗呢！」

「心情開朗才能保持健康嘛！我平日最喜歡的活動，就是拉着小民一起看惹人發笑的電視節目了！」外婆嘻嘻笑道。

　　文樂心好奇地問：「外婆，高立民在家是什麼樣子的？」

「他很乖巧的，經常會主動幫忙做家務。不過，就是有些怪毛病總是改不了！」外婆呵呵一笑。

外婆的話剛好被經過的黃子祺和周志明聽到了，他們趕忙湊了過來，興致勃勃地追問：「是什麼怪毛病？」

難得有這麼多小朋友圍着自己，外婆也就更起勁了，滔滔不絕地說：「其實也沒什麼，就是不太講究衛生。譬如，上洗手間時會忘記洗手；睡覺時愛抱着一個青蛙布偶，但偏偏入睡後會不自覺地流口水，把布偶弄得髒兮兮的，害得我三天兩頭便得幫

他清洗一次！」

　高立民頓時尷尬萬分，想要出言制止，但當着眾人的面又不好説什麼，只好一個勁地把外婆往禮堂方向拉：「頒獎禮要開始了，我們快進去吧！」

　不過已經太遲了，一陣接着

一陣的笑聲從背後傳來，令高立民臉紅耳赤。

他忍不住低聲向外婆抗議：「哎呀，您怎麼能隨便將我的事情告訴別人呀！」

外婆不以為意地嘻嘻一笑說：「傻孩子，他們都是你的好朋友，怕什麼呢！」

可惜高立民不像她那麼樂觀，當他站在頒獎台上接受着眾人的祝賀時，總覺得大家的目光帶着嘲笑的意味，這些目光就像一羣爬在身上的小螞蟻，讓人渾身不自在。

外婆並未察覺高立民的異樣，回家後的第一件事，就是小心翼翼地把高立民的獎盃，放到客廳旁邊的裝飾櫃子裏，還一臉自豪地說：「把獎盃放在這兒，讓每個客人都能看到我的小孫兒有多爭氣！」

高立民心裏雖然很不痛快，但見外婆高興的樣子，只好自個兒生悶氣，吃過晚飯後便躲回房間，連平日最愛吃的水果也不吃了。

　　外婆不明所以，走進來關心地問：「小民，你怎麼啦？」

高立民知道外婆是不會理解的，況且事情已經發生，再多說也是無用，便懶得再作解釋，只沒精打采地搖搖頭說：「沒什麼。」

　　外婆見孫兒滿臉不悅，有點不安地想：「小民是不是嫌我不夠體面，令他在同學們面前失面子呢？」

第三章　大顯身手

　　這個周末的早上，當高立民來到樂團的排練室時，才得知原來樂團導師樊老師要就大家的獨奏表現進行突擊測試。

　　團員們按樊老師的指示，一個接一個地圍坐在排練室兩旁，目不轉睛地望着正中央。

　　一位女團員正端坐在前方，一手傍着身前的大提琴，另一隻手握着琴弓，擺出預備的動作。而這位女團員，正正就是綁着兩條小辮子的文樂心。

　　在樊老師的一聲令下，文樂心
緩緩地拉動琴弓，一首悠揚悅耳的樂
曲，從她的指縫間跳躍出來。

　　樊老師半倚着旁邊的一座鋼琴，

全神貫注地傾聽着，樂曲中任何一個細微的變化或瑕疵，都難以逃得過她那雙靈敏的耳朵。

　　演奏完畢後，樊老師滿意地點點頭：「你的水準十分穩定，很好！」

　　樊老師的一句嘉許得來不易，文樂心頓時心花怒放，好不容易才遏止

住想要尖叫的慾望，快步地跑回隊友高立民、江小柔和宋瑤瑤身旁，興奮地跟大家擊掌。

　　在接下來的考核中，大家的表現也相當不俗，樊老師欣慰地說：「我很高興你們都有顯著的進步，足以證明大家的努力沒有白費。」

　　團員們聽了樊老師的話後都十分鼓舞，紛紛報以熱烈的掌聲。

　　樊老師向大家揚了揚手，笑着繼續說：「為了獎勵大家的努力，我決定安排大家代表樂團參加一年一度的音樂節比賽。」

高立民眼前一亮，急忙舉手發問：「樊老師，你是指所有本地樂團都會參與的音樂節？」

　　「沒錯！」樊老師驕傲地點一點頭，「這是音樂界的一項盛事，除了本地的樂團會參賽外，主辦機構還會邀請外地的青年樂團出席交流呢！」

　　「唷！」高立民振臂歡呼，「努力了這麼久，總算有機會可以大顯身手了！」

　　文樂心驚歡一聲：「哇，場面一定會很盛大啊！」

　　「我還是第一次遇上如此大型的

比賽呢！」宋瑤瑤興奮莫名。

　　江小柔以一臉難以置信的神情說：「真不敢相信自己可以有幸參與其中，真的很期待喔！」

　　「我們還可以穿着華麗的晚禮服，像個公主似的坐在舞台上，成為眾人的焦點呢！」想像力極豐富的文樂心瞇起雙眼，自顧自地幻想着。

　　可惜她這個幻想泡泡才剛冒起，便瞬即被樊老師一句話戳破，「很抱歉，你的這個願望不可能實現，因為任何樂團的公開演出，團員們都必須穿着整齊制服。」

高立民笑了一聲說：「小辮子，你的公主美夢要落空了！」

小辮子，你的公主美夢要落空了！

文樂心撓一撓辮子，呵呵一笑道：「沒關係，只要能站上這樣的大舞台，我已經心滿意足了！」

宋瑤瑤贊同地點一點頭，鬥志激昂地說：「心心說得好！現在最重要的，就是把樂曲練好，在外國樂團面

前展示我們的實力！」

「樊老師，那我們會以什麼形式參賽？是團體合奏還是獨奏？」文樂心疑惑地問。

樊老師回答說：「這個比賽會分為團體合奏、小組合奏及獨奏等多個項目，你們可以自行決定參賽項目及曲目，比賽將會安排在聖誕節假期後舉行，你們可以利用這個假期多作練習。」

文樂心、江小柔、高立民和宋瑤
瑤，四人手掌疊着手掌，互相激勵地
說：「好，我們一起努力，為樂團爭
光！」

第四章　喧賓奪主

　　今天是聖誕節假期的第一天，高立民深知媽媽每天都會很早便出門看顧水果店，爸爸則身處外地公幹，外婆又不會管束自己，所以他有恃無恐

地賴在牀上。

直至日上三竿，他才慢慢地走進浴室，草草抹了一把臉，然後半躺在客廳的沙發上，一邊吃着外婆做的蛋炒飯，一邊看着逗趣的電視節目，要多寫意有多寫意。

就在這個時候，家裏的門鈴響了起來。

　　「會是誰呢？」高立民疑惑地望向玄關。

　　原來是嘉琪表姐。

　　她氣喘吁吁地走進來，把沉甸甸的書包往餐桌上一放，熱情地對他笑着打招

呼：「嗨，我的小表弟，早晨啊！」

　　嘉琪表姐的媽媽要外出工作，沒有時間看顧她，所以她每天放學後都會來他家做功課。不過，現在已經是聖誕節假期了，她怎麼還要來？

　　高立民瞪大眼睛，詫異地問：「不是放假了嗎？你還來幹什麼？」

「別提了！」嘉琪表姐哀歎一聲，「聖誕節過後我便要考呈分試，媽媽說我來這兒做練習會比較專心啊！」

「那你好好溫習，我不打擾你了！」高立民向她做了一個深表同情的表情，便繼續專心地看電視。

正當他看得入迷的時候，電視機忽然「嗖」的一聲被關掉了。

「怎麼回事了？」高立民抬頭一看，只見外婆正拿着遙控器對着電視機，他不禁一臉愕然，「外婆，您怎麼啦？節目還未播放完畢喔！」

　　外婆瞪了他一眼說：「嘉琪表姐
正在用功讀書應付考試，你在旁邊吵
吵嚷嚷，她怎麼能專心？」

　　「她考試跟我有什麼關係啊？」
高立民瞪了表姐一眼。

嘉琪表姐向他作了一個抱歉的動作，便又再埋首苦讀。

高立民十分無奈，只好轉而取起他的色士風吹奏起來，希望可以多練習那幾首參賽樂曲。

然而，一首曲子還未奏完，外婆的影子再次出現眼前，不滿地瞪着他道：「小民，我不是已經囑咐過你別吵着表姐了嗎？」

高立民連忙為自己辯解：「可是，聖誕節過後我便要參加比賽，我得爭

取時間練習啊！」

　　外婆耐心地提議道：「你可以待表姐走後再練嘛！」

　　「表姐每天都來，一待就是一整天，我什麼時候才能練習？」高立民反駁道。

　　　　　　外婆臉露不悅地說：「你的比賽

49

難道比表姐的呈分試還重要？要懂得分輕重喔！你要練就到別處練去！」

什麼意思嘛？難道只有表姐的呈分試重要，我的比賽就不重要嗎？這是我的家，反而要我來讓她，這豈不是喧賓奪主嗎？高立民很不服氣，正要跟外婆再理論時，他的手機卻忽然響起來。

電話裏傳來文樂心開朗的聲音：「高立民，你現在有空嗎？我們正預備要開小型音樂會，你要不要一起來呀？」

高立民正擔心沒地方去，難得文

樂心適時地邀約，正中下懷，便連忙答應道：「來，當然來，小辮子，你等我！」

　　他向外婆交待一聲後，匆匆把樂器一收，便向着大門走去，但臨行前，他還不忘對嘉琪表姐做了個鬼臉，以示抗議。

第五章　家有寶寶

　　高立民背着色士風，一鼓作氣地來到文樂心的家，見到江小柔和宋瑤瑤正聊得起勁，看樣子已經來了一段時間，不禁訝異地說：「原來你們早已約好的嗎？」

宋瑤瑤調皮地眨一眨眼睛，笑着搖搖頭道：「我跟心心住在隔壁，哪有一天不在一起練習？我這是近水樓台嘛！」

江小柔嘻嘻一笑說：「你也知道我家有個小寶寶，他每隔兩個小時便

得小睡一回，在家裏練習會吵着他，
所以便索性跑到心心這兒來了！」

　　高立民半認真半開玩笑地說：
「真巧，我家也有個寶寶呢！」

　　大家聽到高立民說他家也有個
寶寶，都不禁詫異地追問：「你什麼
時候也當哥哥了？怎麼我們都沒聽説

過？」

　　高立民搖搖頭道：「我口中的寶寶並不是小嬰兒，而是我的外婆呢！」

　　文樂心呵呵一笑說：「原來是這樣的寶寶，那我家也有一個啊！」

　　「我家也有！」宋瑤瑤也搶着說。

高立民一聲歎氣，「只可惜我這個寶寶實在很氣人呢！」

文樂心不解地問：「外婆她怎麼了？」

「我的表姐最近忙於應付呈分試，每天都跑到我家來溫習，外婆為了讓她專心溫習，既不讓我看電視，又不讓我練習色士風，實在是太偏心了！」一提起這件事高立民便生氣。

文樂心聽到他提起表姐，便想起那位她曾經在菜市場上偶遇，並教會她扭氣球的嘉琪表姐，頓時恍然地問：「哦，你是指嘉琪表姐嗎？」

「不是她還有誰？」高立民努着嘴説。

文樂心對嘉琪表姐的印象良好，見高立民對表姐如此反感，連忙替她説好話：「其實這也很難怪的，畢竟呈分試對嘉琪表姐來説十分重要，我哥哥同樣也在忙着温習呢！」

高立民猛然想起，「對啊，宏力哥哥也是六年級生，怎麼你還能邀請我們來練習？不怕打擾他嗎？」

文樂心吐一吐舌頭，嘻嘻笑道：「他跟同學去了補習社呢！」

「你真幸運！」高立民一臉羨慕

地説。

江小柔有些感同身受，「我很明白你的苦況。不過，我覺得家人之間是應該互諒互讓的，弟弟他年紀小，我身為姊姊難道能跟他計較嗎？」

高立民攤一攤手道：「道理我是明白的，就是難免有點不開心！」

忽然，傳來一陣清脆的琴弦聲。

原來是宋瑤瑤拉動她的小提琴，笑嘻嘻地向他們招手，「你們還在咕嚕什麼？快過來練習吧！」

音樂果然是舒緩情緒的良方妙藥，隨着節奏的起伏，本來忿忿不平

　的高立民，也漸漸變得平和起來。

　　過了好一會，當大家練得有點累後，高立民忽然靈機一動：「不如我們玩個遊戲輕鬆一下！」

　　「什麼遊戲？」文樂心趕緊問。

「很簡單，我們不是各自參加了獨奏項目嗎？我們輪流領奏自己的參賽曲目，其他人則負責伴奏。」高立民興致勃勃地說。

「這有什麼特別？我們平時也會這樣練習啊！」宋瑤瑤不以為然。

高立民揚一揚眉，「這次可不一樣，領奏者必須把原來的音調調高，節奏也可隨意改動，看看其他人能否跟得上。」

「哇，好刺激啊！」文樂心興奮地說。

高立民拿起他的色士風，擺出預

備的姿勢，「既然是我提出的，就讓我先來吧！我的參賽曲目是莫扎特的《小星星變奏曲》！」

文樂心、江小柔和宋瑤瑤連忙拿起各自的樂器，有默契地互相對望一眼，然後緩緩地跟着高立民的節拍合奏起來。

這首樂曲的曲調輕快活潑，大家一邊演奏，一邊隨着節拍搖擺身體，整個客廳都瀰漫着一片愉悅的氣息。

就在這時，高立民忽然「哈啾」一聲，打了個大噴嚏，吹奏出來的音樂當然就走調了。

　　大家雖然知道他走調，卻仍然忍
着笑，故意一起跟着走調，直至整首
樂曲演奏完畢，才「哈哈哈」的捧腹
大笑。

　　這天大家玩得十分盡興，臨離開

前，高立民仍有些意猶未盡地道：「能跟大夥兒一起演奏，果然是特別有勁兒，如果能每天都聚在一起練習，我們一定可以獲獎！」

宋瑤瑤望了他一眼，忽然一臉認真地說：「待會兒回到家，你得好好感謝表姐。」

「為什麼？」高立民愕然地問。

宋瑤瑤伸手撓一撓長馬尾，笑着道：「如果不是她，就不會有這場別開生面的大合奏，不是嗎？」

「這倒是真的！」高立民撫着後腦勺一笑。

第六章　氣憤難平

高立民出發去了文樂心家後，家中就只剩下嘉琪表姐和外婆二人，而向來有午睡習慣的外婆，午飯過後便回房睡覺去了。

家裏霎時變得極為清靜，就連窗外鳥兒「啁啾」的叫聲，也能聽得一清二楚。

沒有高立民跟她吵吵嚷嚷，嘉琪有點不太適應，只悶悶地

翻了一會兒書便開始坐不住，不停在屋內來回閒逛，無所事事地東摸摸、西看看。走着走着，嘉琪表姐不經意地來到客廳那個裝飾櫃子前，好奇地探頭看進去。

　　櫃子裏存放着許多小擺設，有各

國的旅遊紀念品、不同款式的模型飛機及形狀各異的水晶飾品等等。裝飾櫃子的頂部設有明亮的射燈，把這些小擺設照得熠熠發亮，令嘉琪表姐看得入迷。

當她的視線落在高立民那座品學兼優獎盃時，不禁羨慕地讚歎一聲：「唷，表弟真厲害，如果我能有他一半聰明就好了！」她邊說邊忍不住打開玻璃櫃門，想把獎盃捧在手上看個清楚，卻不慎碰到旁邊的一個模型飛機，模型飛機一下子從櫃子滑下來。

「糟了！」

嘉琪表姐心頭一驚，急忙伸手想要把它接住，可惜就是差了那麼一點點，「咣噹」一聲，模型飛機落在地上，即時摔得四分五裂。

　　偏巧這時，高立民正背着沉甸甸的色士風踏進家門，手上揚着一個小袋子，笑容滿臉地說：「表姐，我買了你最喜歡的零食呢，你猜猜這是什麼？」

　　他的話還未說完，便看見她正蹲在地上收拾着模型

的碎片，霎時臉色大變，大聲喊道：
「噢！我的模型飛機啊！」

他立即衝上前，把嘉琪表姐手上
的模型碎片奪過來。

猛然發現自己心愛的模型飛機被砸得面目全非，高立民既生氣又難過，立刻扭頭向表姐怒吼道：「你幹什麼？這是爸爸送給我的生日禮物呢！」

　　嘉琪深感抱歉，急忙連聲道歉：「我只是想看看你的獎盃，沒想到一不小心碰到了模型飛機，真的很對不起！」

　　然而，高立民仍然怒氣難消，把手上的模型碎片往她跟前一遞，「我不管，你把模型飛機還給我！」

　　他們的爭執聲，把正在睡午覺的外婆吵醒了。

外婆半瞇着眼睛看着他們，有點不高興地問：「吵什麼啦？發生什麼事了？」

高立民捧着摔破了的模型碎片，

向外婆告狀：「外婆，您看，表姐把我心愛的模型飛機打碎了！」

嘉琪慌忙解釋道：「嫲嫲，我不是故意的！」

　　外婆疑惑
地看着高立民，
「一定是你自己
沒有把東西收拾
好，才會發生這樣的事情吧？」

　　他本以為外婆會替他討回公道，
誰知反被她責怪，頓時委屈得紅了眼
睛，氣憤難平地喊道：「分明是表姐
做錯事，外婆為什麼反而指責我呢？

實在太不公平了！」

高立民越說越傷心，忍不住嗚咽着轉身跑進睡房。

外婆被他這種激烈的舉動嚇了一跳，心中雖然也覺得自己處理得不夠周全，但被孫兒這樣責怪，面子上實

在掛不住，於是也有點生氣地說：「我不過輕輕說了一句，你就向我大發脾氣，這太不像話了！」

第七章　最珍貴的寶貝

　　高立民回到睡房後，氣呼呼地一
躍上牀，雙手交疊腦後，一雙眼睛漫
無目的地環視着睡房各處。

　　看着看着，他的目光不期然地聚

在一件懸在門後的灰色毛衣上。

　　這件毛衣是去年他生日的時候，外婆花了整整三個月的時間，親手為他編織的禮物。

　　他還記得當時外婆為了趕工，還犧牲了自己的午睡時間，因為睡眠不足，有好幾次她在編織時，竟不知不覺睡着了呢！

　　雖然模型飛機和毛衣都是他

的寶物，但毛衣上的一針一線，都承載着外婆對他滿滿的愛，兩者相比之下，毛衣不是顯得更彌足珍貴嗎？

可是，他如今竟然為了模型飛機而對外婆大吼大叫，外婆一定很難受吧？

想到這裏，高立民心中懊悔萬分，連忙開門走到客廳，想要向外婆道歉。

這時已接近黃昏，嘉琪表姐不知什麼時候已經離開了，外婆正在廚房開始忙着預備晚餐。

高立民緩緩地走進廚房，伸手

從後抱住外婆，把頭輕輕伏在她的背上，歉疚地說：「外婆，剛才是我不好，我不該向您發脾氣的，對不起。請您原諒我，好嗎？」

外婆連忙轉過身來，撫着他的頭髮，慈愛地說：「傻孩子，外婆怎麼會生你的氣呢？嘉琪已經把事情的始末告訴我了，我知道這不是你的錯，是外婆錯怪你了。」

聽到外婆這樣說，高立民才總算安心地笑了。

第二天早上，當嘉琪表姐如常地來到高立民的家時，仍然有點生氣的他突然從沙發上跳起來，大聲地向廚房裏的外婆說：「外婆，我出發到文樂心家去了！」

當他挽着色士風來到玄關時，卻被嘉琪一把攔住。

「什麼事？」高立民板起臉孔。

嘉琪把一盒模型飛機捧到他面前，誠心誠意地說：「小民，對不起，我不小心把你心愛的模型飛機摔破

了，是我不好，現在送你一個新的，算是賠罪。你就別生氣了，好嗎？」

這架模型飛機可不是一般的飛機，而是美式的戰鬥機，不但手工精細，而且還附有多支大小不一的導彈，比他原來的那個模型漂亮多了！

高立民只輕輕瞄了一眼，原本還一臉冷淡的他，立刻張大嘴巴，驚訝地喊了一聲：「嘩，這是最新款的戰鬥機啊！」

　　「這是我千挑萬選才找到的，還花了我不少零用錢呢！怎麼樣？你能感受到我的誠意了吧？」嘉琪表姐笑着說。

　　高立民心中僅餘的

怒火，瞬即被眼前這個大誘惑，撲滅得無影無蹤。

「謝謝表姐！」高立民高高興興地把模型接過。

當天晚上，高立民把新模型的零件放滿了整整一桌，開始埋首拼砌起來，連續花了數天的時間，終於把模型砌好。

看着剛完成的新模型，高立民的心中，卻始終有着一絲難以言喻的失落。

正如嘉琪表姐所說，這款新模型的確是又大又漂亮，高立民的確也很喜歡它。不過，舊模型畢竟是爸爸送給他的生日禮物，當中蘊含的意義，是任何模型也無法取替的。

第八章　失約

　　聖誕節假期不知不覺接近尾聲，這天下午，當大家回到樂團作最後練習時，樊老師揚了揚手上的一疊門票，興奮地說：「為了答謝大家的努力，樂團決定向每位參賽者贈送一張比賽的門票，讓大家可以

邀請家人見證你們努力的成果。」

　　大家都欣喜萬分，文樂心首先拍掌歡呼：「太好了，我可以請媽媽來為我打氣呢！」

　　「我也很想邀請媽媽來觀賽，可惜媽媽要看顧弟弟，應該很難抽空呢！」江小柔有點失望地說。

　　爸爸長期不在香港的宋瑤瑤，早已習以為常，她毫不介懷地安慰小柔：「不用難過，我爸爸也同樣來不了！」

　　文樂心連忙提醒她道：「瑤瑤，你可以邀請宋婆婆出席呀！」

宋瑤瑤遲疑地說：「她年紀那麼大，不好驚動她了吧？」

高立民擺一擺手說：「怕什麼？我也會邀請外婆來觀看，宋婆婆可以跟我外婆結伴同行啊！」

「好主意啊！」宋瑤瑤欣喜地說。

到了音樂節舉行的那一天，參賽者一大早便聚集在大會堂的表演場地，為自己的比賽作最後準備。

高立民、文樂心、江小柔和宋瑤瑤自然也不例外，他們躲在後台反覆練習了大半天，一直到音樂會即將開

始，觀眾也陸續進場時，才想起自己
的家人也該是時候到了。

　　大家趁着短暫的休息時間，紛紛
走到入口處預備迎接他們的貴賓。而
他們首先迎來的，是文樂心和江小柔
的媽媽。

文樂心遠遠見到媽媽，馬上起勁地向她揮手，小柔見媽媽能抽空前來，更是喜出望外，二人都歡天喜地的迎上前去了，只剩下宋瑤瑤和高立民還在等待着。

宋瑤瑤看了看手錶，疑惑地喃喃自語：「她們怎麼回事了？比賽快要開始了！」

　　高立民也有點茫然地說：「也許是堵車了吧？」

　　就在這時，樊老師走過來催促道：「時間差不多了，你們快進來預備！」

二人無可奈何，只好先行回到後台，為比賽作最後準備。

輪到他們出場比賽的時候，高立民暗中瞄了台下一眼，只見宋婆婆已經安坐觀眾席上，卻唯獨不見外婆。

怎麼回事了？高立民有些忐忑。

他懷着滿心的疑團，勉強

完成自己的參賽項目，然後立刻跑到
觀眾席上找宋婆婆詢問：「宋婆婆，
請問我外婆去哪兒了？」

　　宋婆婆也一臉茫然地道：「我本

來跟她約好一起前來，但我在約定的地方等了很久也等不到她，我還以為她已經來了呢，誰知一直都不見她的蹤影。」

宋瑤瑤眉頭一皺道：「她不會是迷路了吧？」

高立民頓時有些不祥的預感，急忙地取出手機，想找媽媽問個究竟。

高媽媽接到電話後，大吃一驚道：「外婆今天很早便出門去了，怎麼可能現在還未到？」

「她不會出什麼意外了吧？」高立民即時驚慌失措。

「先別亂了陣腳，你在大會堂範圍內找一找，也許她只是走錯路了。我也試着在家附近找，看能不能找得到。」高媽媽鎮定地指揮着。

得到媽媽的安慰後，高立民心神稍定，他一邊走，一邊跟宋瑤瑤說：「外婆似乎是走失了，麻煩你請所有同學一起幫忙找找她！」

宋瑤瑤見事態嚴重，自然不敢怠慢，立刻跑到後台找文樂心和江小柔說明情況，讓她們同時分頭尋找。

然而，他們找遍大會堂的裏裏外外，卻始終不見外婆的蹤影。

文樂心懷疑地問：「其實，她會不會只是失約呢？」

　　江小柔也認同地說：「沒錯，也許她只是忘記了。不如我們先回家

看看，然後再到附近的街道找找，好嗎？」

　　高立民一時沒了主意，只好點點頭道：「也只能這樣了！」

第九章　尋尋覓覓

　　高立民帶着眾人，氣急敗壞地直奔回家，推門一看，只見媽媽獨自坐在客廳內，急忙連聲追問：「媽媽，外婆呢？」

　　「還不見蹤影。」高媽媽憂心忡忡地搖搖頭。

　　「那怎麼辦？怎麼辦？」高立民六神無主地踱來

踱去。

　　文樂心趕緊安慰道：「說不定她只是忘記了今天是音樂節，去了別的地方閒逛呢？」

　　跟着他們一起趕來的文媽媽也插嘴說：「請你仔細想一想，外婆平日最喜歡去什麼地方？」

高立民深呼吸了一口氣，努力讓自己冷靜下來，然後托着頭思索起來。「她年事已高，除了一些特別日子外，她不會走太遠，活動範圍一般只是附近的商場或公園等地方。」

　　文媽媽當機立斷地説：「既然如此，不如我們先分頭到處找一找，一小時後再回來集合，如有任何消息，隨時用手機聯絡，好嗎？」

　　經眾人一致贊同後，大家便開始各自行動。

　　文媽媽立刻通知文爸爸及文宏力，高立民也把正在家中看卡通片的

胡直喊了出來，希望集眾人之力，可以儘快把外婆尋回。

然而，任憑他們走遍附近的菜市場、公園、商場等地方，仍然不見外婆的蹤跡。她到底去了哪兒呢？

看到大家都無功而回，高立民更是心急如焚，忍不住帶着哭腔說：「外婆到底可以去哪兒啊？」

高媽媽見兒子擔憂得快要哭的樣子，正想出言安慰，卻聽到外婆的睡房裏傳來文樂心的聲音，「哎呀，這些模型飛機，手工都很精細啊！」

大家跑進去一看，只見文樂心正

拿着一張模型飛機的廣告傳單，認真地細閱着。

「在緊要關頭，怎麼你還有閒心在研究這些無關痛癢的事情？」文媽媽有點生氣。

文樂心彷彿沒有聽到媽媽的話，嘴裏仍然咕嚕着說：「每逢收到這種傳單，我們不是都會隨手扔掉嗎？為什麼外婆會把它放在她的房間裏？難道她喜歡模型飛機？」

高立民聽她這樣一問，便把嘉琪表姐摔破了模型飛機的事說了出來。

文樂心立刻猜測道：「我在猜，外婆會不會是想給你買一架模型飛機呢？」

宋瑤瑤忽然拍一拍桌子，以無比篤定的語氣說：「對了，外婆八成是去了這間模型專賣店！」

高媽媽被她們一言驚醒，連忙拿起電話，按照傳單上的聯絡號碼撥了出去。

電話剛接通，高媽媽已迫不及待地問：「你好，請問你們今天是否有一位老太太來店裏購買模型飛機？」

高媽媽原本也只是抱着姑且一試的心態，沒想到電話裏的人立刻答道：「我們店裏現在的確是有一位老太太，但她的腦筋有點迷糊，連自己家的電話和地址也不知道，我們不敢貿然讓她獨自離開，正在發愁是否該報警處理。如果你是她的家人，請快來把她接回去吧！」

高媽媽欣喜若狂，急忙連聲回應：「好的好的，有勞你們先替我看

顧着她，我們立刻趕來。」

　　得知有外婆的消息，高立民立刻破涕為笑，回頭向文樂心感激地道了一聲謝後，旋即尾隨媽媽，向着模型店的方向跑去。

第十章　認知障礙症

　　模型專賣店的面積不算大，店裏四周放滿一列列的玻璃飾櫃，每個裝飾櫃裏都陳列着各種各樣的模型，有汽車、巴士、電單車、高速列車、飛機、坦克車等，種類繁多。

　　高媽媽和高立民剛來到店門前，便看到一位白髮蒼蒼的老婦人坐在櫃台前，跟店主天南地北地閒聊着。而眼前這個熟悉的身影，不就正是他們尋找了半天的外婆嗎？

　　高立民心頭一鬆，一股熱氣隨

即往眼眶上湧，禁不住大喊一聲「外婆」，便衝上前擁着她。

外婆回頭見是高立民，高興地呵呵笑道：「小民，你怎麼現在才來啊？

外婆等你許久了呢！」

高立民語帶抱怨地說：「外婆，我們在到處找您呢，您有事怎麼不打電話給我們啊？」

外婆敲了敲腦門，自嘲地嘻嘻笑道：「外婆出門時忘了帶手機，又記不住電話號碼，老了就是不中用！」

高立民一臉不解地說：「您怎麼獨自跑到這兒來啊？」

外婆白了他一眼，似乎怪他明知故問，「你的模型飛機不是摔破了嗎？我要買一個送你啊！」

高立民呆了一呆，「表姐不是已

經送了嗎？」

外婆慈愛地笑笑道：「我知道你始終還是惦記着爸爸送給你的那款模型飛機，所以我便想拜託這兒的老闆，看看能否再找一個同款的，只可惜他們說必須有模型的型號或照片才行。」

她停頓了一下，又變得有點喪氣地說：「可是，我不但買不成模型，還迷了路。外婆是不是特別笨？」

原來外婆真的是為了買模型給他才迷了路，高立民既內疚又感動，忍不住嗚嗚地哭了起來。

「好啦好啦，我們別打擾店主了，先回家再說吧。」高媽媽連忙上前勸告，繼而向店主再三道謝，然後才領着高立民和外婆一起回家去。

發生這次迷路事件後，高媽媽開始有所警惕，暗中觀察外婆的一舉一動，發覺她的行為的確有點異常。為了確保她的健康，他們決定帶她到醫院做一個較詳細的身體檢查。

經過醫生反覆的測試及驗證後，證實外婆是患了早期認知障礙症。

　　高立民有點摸不着頭腦地問：「媽媽，認知障礙症的病徵是什麼？能治好嗎？」

　　媽媽臉色凝重地搖搖頭，「認知障礙症的病徵很多，簡單來說，就是初期會記憶力衰退，發展到後期會失去理解、表達、自理能力等。醫生說，到目前為止還未有根治的方法，藥物亦只能治療部分病徵。」

　　高立民心頭一震，驚喊出聲：「噢！那外婆怎麼辦？」

「你不用太擔心，她暫時不會有太大問題的。」高媽媽連忙安撫他。

「幸好我們發現得及時，她的病情仍然處於早期階段，只要我們為她安排適當的認知訓練、健腦活動、運動等非藥物治療的話，便可有效減慢退化的速度。」

「什麼是健腦活動？」高立民皺着眉問。

高媽媽解釋道：「所謂健腦活動，就是做一些要動腦筋的活動，譬如閱讀、下棋、拼圖、繪畫、益智的配對遊戲等，可以有助刺激腦部。」

　　高立民拍一拍胸膛，擺出一副義不容辭的樣子說：「這個簡單，外婆的健腦活動就交給我吧！」

　　高媽媽見高立民一片孝心，安慰

地微笑道：「我的小民長大了，懂得照顧外婆了呢！」

　　當文樂心等人得知外婆生病後，也十分擔憂，紛紛感歎地說：「能及時發現，也算是不幸中之大幸啊！」

　　宋瑤瑤忽然有些醒悟地說：「我一直依賴嫲嫲照顧，自己卻忽略了她，往後我一定要多關心她才好。」

　　文樂心也深有同感地說：「沒錯，她們都是我們的『全家之寶』啊！」

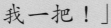 # 第十一章　寶刀未老

隔天下午放學回家，高立民從一個袋子中取出一盒共有三百多塊的拼圖，把它們全傾倒在餐桌上，然後拉着外婆起勁地說：「外婆，您快來幫我一把！」

這是一幅以煙火為主題的卡通拼圖，拼圖除繪畫了璀璨的煙火作為背景外，還有許多別具特色的建築物及可愛的卡通人物。

「這幅煙火夜光拼圖，畫工既細緻，顏色又奪目，看着它，心情也會變得格外愉悅！」外婆讚歎一聲，然而，當她見到那一桌堆積如山的拼圖時，不禁有點害怕。

「小民，婆婆已經多年沒有

玩過拼圖，早已不懂得怎麼拼，況且
婆婆眼力不好，拼圖的圖案又如此精
細，我會吃不消的！」

「沒關係，您負責構圖簡單的
部分就好，其餘的由我來包辦，我們
分工合作，好嗎？」高立民邊說邊把
拼圖一塊一塊地拿起來，按照拼圖的
圖案及顏色，把它們分成好幾
組，然後把當中圖案最簡
單、數量最少的一組拼
圖，推到她的面前。

外婆見高立
民興致勃勃的樣

子，不忍掃他的興，只好隨便取起其中一塊拼圖，開始嘗試拼起來。

由於高立民刻意把最簡單的部分留給外婆，所以即使她的眼力不太好，也能在短時間內完成。

外婆見自己居然能成功把那堆拼圖拼砌出來，雀躍萬分，一個勁地指着自己的「傑作」，像個孩子似的自誇道：「小民你看，婆婆雖然眼力不好，卻仍然寶刀未老啊！」

隨着這開懷的一笑，她臉頰上的皺紋便顯得特別深刻。

就在這一瞬間，高立民才猛然

驚覺到，從小把他一手帶大，跟他朝
夕相處的外婆，竟不知何時變得蒼老
了。

回想自己平日空閒時，都只顧着跟朋友到處玩耍，從來沒想過要多抽空陪伴外婆。外婆每天獨個兒守在家裏，一定會很寂寞吧？高立民心中頓時愧疚不已。

　　自此以後，高立民每天都會變着

法兒，纏住外婆玩各種不同的健腦遊戲。一會兒陪她讀報紙；一會兒拉着她到公園做晨操；一會兒教她用電腦玩益智的遊戲，花樣層出不窮，為本來呆在家中無所事事的外婆，增添了不少歡樂。

一天午飯的時候，高立民坐在教室內，一邊用左手拿着餐具吃飯，一邊忙着用右手在一張白紙上寫寫畫畫，看來十分忙碌的樣子。

　　鄰桌的文樂心疑惑地湊過來問：
「你連飯也不好好吃，到底在忙什
麼？」

　　高立民頭也不抬地說：「這個周

末就是外婆八十歲的壽辰，我要趕製一張生日卡送給她呢！」

「嘩，外婆好厲害啊！」文樂心也很替外婆高興，連聲追問：「這麼重大的日子，你們打算怎樣為她慶祝啊？」

高立民聳了聳肩說：「爸爸媽媽工作繁忙，難以安排什麼特別活動，只打算一家人吃一頓飯便算了。」

「這樣會不會太馬虎了？」文樂心一雙大

眼睛伶俐地一轉，提議道：「不如我們一起來參加，可以嗎？」

旁邊的江小柔聞言，興奮地拍掌叫好，「我們『鄰里四人組』還可以為外婆合奏一曲賀壽呢！」

「咦，這個主意不錯啊！」高立民同意地點頭。

坐在後排的胡直也不甘落後，「唏，別忘了我啊，我也是你們的鄰居呢！」

高立民興奮地拍一拍手，「當然歡迎啦！外婆最喜歡熱鬧了，有你們前來為她慶祝，她一定會很高興呢！」

「不過，我們沒什麼錢，可以送什麼生日禮物給她呢？」江小柔有些為難地攤了攤手。

文樂心沉思了一會，忽然靈機一觸地道：「我想到了！」

「是什麼？」江小柔連忙問，文

樂心低頭在她耳邊細語。

　　高立民見小柔聽得連連稱好，忍不住追問：「到底是什麼禮物？」

　　「秘密！」文樂心和江小柔調皮地朝他一擠眼。

第十二章　八十大壽

　　到了周末的早上，文樂心、江小柔、胡直和宋瑤瑤一起來到高立民的家，為外婆慶祝生辰。

　　身為壽星的外婆，早已換上一套
紫紅色的繡花襯衣，預備迎接這幾位
小客人。

　　「人逢喜事精神爽」這句話果然
沒錯，外婆經過一番裝扮，再配上一
張燦爛的笑臉，整個人顯得特別容光

煥發，怎麼看也不像已是八十高齡。

　　文樂心、江小柔、胡直和宋瑤瑤四人，把一個以手工紙製成的小袋子，捧到外婆面前，向她齊聲祝賀道：「外婆，恭祝您『福如東海、壽比南

山』！這份禮物是我們親手製作的，

小小心意，希望您會喜歡！」

　　外婆輕晃一下小袋子，忍不住

問：「裏面是什麼？」

宋瑤瑤連忙向外婆介紹道：「我們聽説玩益智遊戲可以活動腦筋，所以特意為您製作了這盒記憶卡，您快打開來看看啊！」

　　外婆打開小袋子，只見裏面放着一大疊小卡紙，每張卡紙上都繪有一

個可愛的卡通人物，人物旁邊還寫有「加油」、「你很棒」等鼓勵的字句。

「哇，這些圖案畫得很精緻呢，你們的手真靈巧！」外婆十分欣喜，慢慢地逐一細看。

就在這時，文樂心、江小柔、宋瑤瑤和高立民互相交換了一個眼色，然後各自取出自己的樂器，笑嘻嘻地說：「上次外婆錯過了我們的演出，今天我們專誠為您再表演一次，請您細心欣賞啊！」

於是，他們四人繼上次比賽後，再次認真地合奏起來。不同的是，他

們這次的曲目是《祝壽歌》。外婆一邊聽，一邊隨着節奏拍着手，高興得合不攏嘴。

當他們演奏完畢後，高爸爸和高媽媽便適時地推着一個大蛋糕進場。

高媽媽來到外婆面前，親自為她戴上一隻新手錶，千叮萬囑地說：「媽媽，這是一隻設有定位裝置的手錶，以後你上街的時候，務必要把它戴上，那麼我們便可以隨時找到你了！」

高媽媽說完話後，大家便一擁而上，擠在外婆旁邊來一張大合照，

一起把這美好的一刻留存下來。

生日會圓滿結束，當高立民把文樂心等小客人送走後，只見高爸爸扛着一把梯子來到客廳的一角，然後爬上梯子，擺弄着一個球體狀

的電子裝置。

　　高立民昂着頭，感興趣地問：「爸爸，這是什麼？」

　　高爸爸一邊安裝，一邊解釋道：「這是智能視像錄影裝置。有了這個裝置，以後我和媽媽在外工作時，便可透過手機，隨時查看家中的情況，以確保外婆的安全。」

　　高立民豎起大拇指讚歎道：「嘩，高科技啊！」

　　「很不賴吧？」

高爸爸呵呵一笑，然後意有所指地接着說：「日後若有誰放學回家後躲懶不做功課，我們也都一目了然呢！」

　　高立民拍一拍額頭，哀聲慘叫：「噢！爸爸，你這是故意的吧？」

鬥嘴一班學習系列

- 每冊包含《鬥嘴一班》系列作者卓瑩為不同學習內容量身創作的 全新漫畫故事，從趣味中引起讀者學習不同科目的興趣。
- 學習內容由不同範疇的專家和教師撰寫，給讀者詳盡又扎實的學科知識。

本系列圖書

英文科

漫畫故事創作：卓瑩
學科知識編寫：Aman Chiu

最新出版

精心設計 36 個英文填字游戲，依照生活篇、社區篇、知識篇三類主題分類，系統地引導學習，幫助讀者輕鬆掌握英文詞語。

中文科

漫畫故事創作：卓瑩
學科知識編寫：宋詒瑞

成語　　　錯別字

兩冊分別介紹成語的解釋、典故、近義和反義成語；以及常見錯別字的辨別方法、字義、組詞和例句，並提供相應練習，讓讀者邊學邊鞏固知識！

常識科

漫畫故事創作：卓瑩
學科知識編寫：新雅編輯室

透過討論各種常識議題，啟發讀者思考「健康生活、科學與科技、人與環境、中外文化及關心社會」5 大常識範疇的內容。

數學科

漫畫故事創作：卓瑩
學科知識編寫：程志祥

精心設計 90 道訓練數字邏輯、圖形與空間的數學謎題，幫助讀者開發左腦的運算能力和發揮右腦的創造潛能。

各大書店有售！　　　定價：$78 / 冊

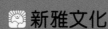

鬥嘴一班
我家有一寶

作　　者：卓瑩
插　　圖：Alice Ma
責任編輯：葉楚溶
美術設計：陳雅琳
出　　版：新雅文化事業有限公司
　　　　　香港英皇道 499 號北角工業大廈 18 樓
　　　　　電話：(852) 2138 7998
　　　　　傳真：(852) 2597 4003
　　　　　網址：http://www.sunya.com.hk
　　　　　電郵：marketing@sunya.com.hk
發　　行：香港聯合書刊物流有限公司
　　　　　香港荃灣德士古道 220-248 號荃灣工業中心 16 樓
　　　　　電話：(852) 2150 2100
　　　　　傳真：(852) 2407 3062
　　　　　電郵：info@suplogistics.com.hk
印　　刷：中華商務彩色印刷有限公司
　　　　　香港新界大埔汀麗路 36 號
版　　次：二〇一九年十月初版
　　　　　二〇二二年十一月第三次印刷

ISBN: 978-962-08-7377-5